クロネコつうしん
松《まつ》尾《お》初《はつ》美《み》
絵《え》・石《いし》井《い》ゆきお
石風社

もくじ

クロネコつうしん

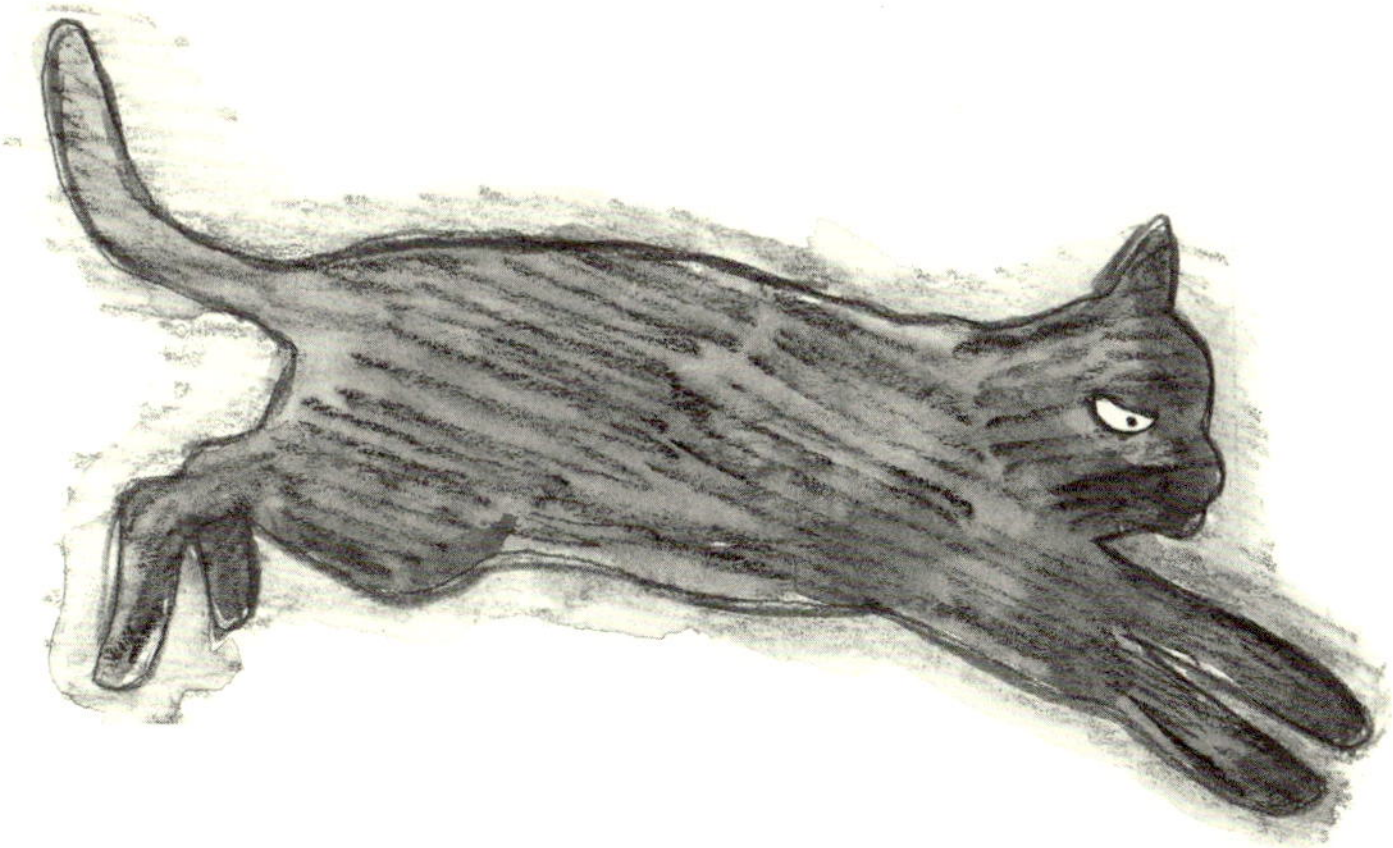

1

春休《はるやす》みに入《はい》って三日《みっか》め。

お母《かあ》さんはお買《か》い物《もの》。お兄《にい》ちゃんは友《とも》だちと公園《こうえん》であそんでいる。

ぼくは、ひとりでるすばん。ソファにねころんで、だいすきな動《どう》物図《ぶつず》かんを見《み》ていた。

とくにすきなのは、〝人《ひと》が飼《か》える動物《どうぶつ》〟のページ。シェパード、秋田犬《あきたけん》、ダックスフント、日本《にほん》ネコに、ペルシャネコ……どれでもいい。一度《いちど》でいいから、ぼくも動物《どうぶつ》を飼《か》ってみたいんだ。

ぼくだけでなく、お兄《にい》ちゃんも動物《どうぶつ》がすき。

だけど、がまんしている。

うちでは、犬《いぬ》やネコは、飼《か》えないんだ。

なぜかっていうと、それは、ぼくが病気《びょうき》だから。

ぼくの病気《びょうき》は、ぜんそく。

犬《いぬ》やネコの毛《け》は、発作《ほっさ》をおこす原因《げんいん》になることがあるんだって。

だから、動物《どうぶつ》は飼《か》わないようにって、お医者《いしゃ》さんに言《い》われているんだ。

ぜんそくって、とてもつらい病気《びょうき》なんだ。発作《ほっさ》がおこると、せきがでて、胸《むね》のおくはヒューヒューなるし、息《いき》がとまりそうで、ほんとうに苦《くる》しいんだ。いままでに、三回《さんかい》もきゅうきゅう車《しゃ》ではこばれたんだよ。

ぜんそくじゃない子《こ》のくらしって、どんなだろう。

きっと、犬《いぬ》をつれて、思《おも》いっきり走《はし》れるし、夜《よる》は、まるごとぐっすりねむれるんだ。

学校《がっこう》だって、毎日《まいにち》いって、野球《やきゅう》をしたり、自転車《じてんしゃ》にのってとおくにいくことだってできる。ともだちもいっぱい。でも、ぼくには、とおい別《べつ》の世界《せかい》のことなんだ。


そのとき、庭《にわ》におりるガラス戸《ど》の外《そと》で、黒《くろ》いかげが、ななめに走《はし》った。

「おや？　なんだろう」

ガラス戸《ど》をあけ、庭《にわ》におりると、そこには、金色《きんいろ》の目《め》をしたクロネコがいた。

サボテンの鉢《はち》がならべてある棚《たな》の上《うえ》。鉢《はち》とならんだクロネコは、

ぼくを見《み》ると、口《くち》をひし形《がた》にあけて〝ミャーン〟とないた。

「あそびにきたのかい。そこ、あったかいだろう。ずっといていいよ」

ぼくは、台所《だいどころ》にいって、こっそりにぼしをとってきた。

クロネコは、ぼくの顔《かお》をじっと見《み》つめ、首《くび》をかしげている。そしてまた〝ミャーン〟となくと、おそるおそる、そばにおいたにぼしを食《た》べた。

クロネコは、頭《あたま》をなでてやると、目《め》をほそめた。

ぼくは、ポケットからハンカチをとり出《だ》し、顔《かお》の前《まえ》でゆすってみた。するとクロネコは、ヒョイヒョイとつめをかけようとする。ハンカチをゆっくりとゆらすと、クロネコも、おどっているみたいにゆらゆら、ゆれている。いつまでもクロネコとあそんでいたかったけど——。

ぼくは、この前《まえ》のクリスマスの日《ひ》におきた、発作《ほっさ》のことを思《おも》い出《だ》した。

苦《くる》しんでいるぼくを、お母《かあ》さんは、ひと晩《ばん》じゅう、だきしめていてくれた。

お母《かあ》さんの目《め》からは、なみだがながれていた。ぼくは、お母《かあ》さんなかないでよ……と、ゆびでなみだをふいてあげた。そして、はやくなおらなくっちゃ、と思《おも》った。

〝ミャーン〟。クロネコが、また近《ちか》づいてきた。

「おいしかったかい」

ぼくは、にぼしのおかわりを、クロネコの前《まえ》においた。

「まだ、いっしょにあそびたいけど……。また、来《こ》いよな」

ぼくは、クロネコの頭《あたま》をなでてやると、ゆっくり窓《まど》をしめた。

2

つぎの日《ひ》は、雨《あめ》ふりだった。ぼくは、プラモデルであそぶことにした。

バスやひこうき、ロボットにかいじゅう。みんな、お父《とう》さんといっしょにくみたてたんだ。ひとつずつならべていたら、また、外《そと》で〝ミャーン〟と声《こえ》がする。

（あれ、また来《き》たのかな。こんな雨《あめ》なのに）

ガラス戸《ど》をあけると、きのうのクロネコが、サボテン棚《だな》のかげにかくれて、空《そら》をみあげていた。

ぼくは、かさをさして庭《にわ》に出《で》た。サボテン棚《だな》の前《まえ》にいくと、クロネコは、体《からだ》を足《あし》もとにすりよせてきた。

「おまえ、そんなにぼくとあそびたいのかい。ぬれたらだめだよ。おまえだって、ぜんそくになったらこまるだろう」

のどをなでてやりながら、

(この子《こ》、うちはあるのかな。もしかすると、のらネコで、ぼくに、飼《か》ってほしいって言《い》っているのかもしれないぞ)

と、思《おも》った。

ぼくは、クロネコをだきあげた。でも、すぐにお兄《にい》ちゃんのことを思《おも》い出《だ》した。

ぼくがまだ一年生《いちねんせい》だったある雨《あめ》の日《ひ》、お兄《にい》ちゃんが、学校《がっこう》のかえりに、子《こ》ネコをひろってきた。

〝ミャーン、ミャーン〟

げんかんで子《こ》ネコがないた。

お母《かあ》さんが、あわてて台所《だいどころ》から出《で》てきた。お母《かあ》さんは、ぬれた子《こ》ネコをふきながら、ぼくのぜんそくのことを、お兄《にい》ちゃんに話《はな》した。

お兄《にい》ちゃんは、しばらく子《こ》ネコをだきしめていたけれど、

「ぼく、このネコを飼《か》ってくれる友《とも》だちをさがしてくるよ」

と言《い》って、かさをさして出《で》かけていった。お兄《にい》ちゃんは、とても

さみしそうだった……。

ぼくは、クロネコが雨《あめ》にぬれないように、そっとサボテン棚《だな》の下《した》におろした。

〝ミャーン、ミャー、ミャー〟

クロネコは、あまえ声《ごえ》でないた。

ぼくは、耳《みみ》をふさぎながら、へやにかえると、おおいそぎで紙《かみ》とエンピツをさがした。そして、こんな手紙《てがみ》を書《か》いた。

クロネコつうしん　1ごう

このネコ、うちにあそびにきて、ぼくとなかよしになりました。

クロネコつうしん1ごう

このネコ、うちにあそびにきてぼくと
なかよしになりました。のらネコだった
ら、かわいそうなので、心ぱいです。飼い
ぬしがいたらあん心なので、おしえて
ください。
みどりがおか一ちょう目十ばんち三ごう
みどりがおか小学校 花田ゆうじ

のらネコだったら、かわいそうなので、心《しん》ぱいです。飼《か》いぬしがいたら、あん心《しん》なので、おしえてください。

みどりがおか一《いっ》ちょう目《め》　十《じゅう》ばんち　二《に》ごう
みどりがおか小学校《しょうがっこう》　花田《はなだ》ゆうじ

書《か》きおわると、こんどはリボンをさがしてきて、クロネコに首《くび》わをしてやった。そこへこの手紙《てがみ》をむすびつけた。

3

次《つぎ》の日《ひ》は、青《あお》い空《そら》がひろがって、あたたかかった。

〃ミャーン。ミャーン〃

「あっ、また来《き》たぞ！」

ぼくがとび出《だ》していくと、クロネコは、もうサボテン棚《だな》の上《うえ》にあがっていた。

「今日《きょう》も、来《き》てくれたんだね」

クロネコは、ぼくのひざに鼻《はな》をこすりつけた。ぼくは、クロネコをだきあげ、高《たか》い高《たか》いをしてやった。

よくみると、今日《きょう》は、ちゃんとした赤《あか》い首《くび》わをつけている。そこに、手紙《てがみ》がむすびつけてあった。

「飼《か》いぬしから、へんじがきたんだ！」

首《くび》わから、手紙《てがみ》をそっとはずす。花《はな》もようのびんせんだ。胸《むね》がドキドキしてきた。

ぼくは、手紙《てがみ》をあけた。

クロネコ通信《つうしん》　2号《ごう》

ゆうじくんへ。

このネコの名前《なまえ》は、ちゃちゃ丸《まる》よ。おもしろい名前《なまえ》でしょう。

うちではみんなが、ちゃちゃ、ちゃちゃってよんでいます。

みどりがおかまであそびにいくのね。とおいのに、私《わたし》びっくりしました。魚《さかな》をとったり、いたずらをしたら、おこってね。

のらネコにまちがえられないように、私《わたし》が首《くび》わをつくりました。

かっこいいでしょう。

桜町《さくらまち》二丁目《にちょうめ》
田中《たなか》けい子《こ》

「きっと、小学生《しょうがくせい》だぞ」

ぼくは、うれしくって、すぐに返事《へんじ》を書《か》いた。

「クロネコつうしん　三《さん》ごう」。こんどは、かぞくのことを書《か》くことにした。そしてクロネコ〝ちゃちゃ丸《まる》〟の首《くび》わにむすんだ。

さっそく次《つぎ》の日《ひ》、飼《か》いぬしのけい子《こ》ちゃんから、「クロネコ通信《つうしん》四号《よんごう》」がとどいた。

けい子《こ》ちゃんは、ぼくより二年上《にねんうえ》の小学四年生《しょうがくよねんせい》だった。なわとびの二重《にじゅう》とびで、クラスのチャンピオンだって書《か》いてあった。

ぼくは、けい子《こ》ちゃんからの通信《つうしん》を、机《つくえ》のひき出《だ》しに、そっとしまった。

4

ちゃちゃ丸《まる》は、うちのサボテンの棚《たな》を、ひなたぼっこの「別《べっ》そう」にきめたようだ。天気《てんき》のいい日《ひ》は、かならずやってくる。

そのたびに、クロネコ通信《つうしん》がたまっていく。

けい子《こ》ちゃんの字《じ》はきれいなのに、ぼくの字《じ》は、ミミズがはっているみたいで、すこしはずかしかった。

次《つぎ》の「クロネコ通信《つうしん》」には、ぜひあそびにきてくださいって書《か》こう。

そう思《おも》って、エンピツをにぎったら、きゅうにせきが出《で》て、胸《むね》が苦《くる》しくなってきた。ぜんそくの発作《ほっさ》だ。二《に》、三日前《さんにちまえ》から、体《からだ》が少《すこ》しへんだったんだ。

その夜《よる》、ぼくの胸《むね》の中《なか》で、あくまがあばれまわった。

お母《かあ》さんは、「ぜんそくのあくま、とんでいけ！」と言《い》いながら、ぼくのせなかをさすりつづけてくれた。

ま夜中《よなか》もすぎて、やっとふとんに入《はい》ると、お父《とう》さんとお母《かあ》さんの話《はな》し声《ごえ》がきこえてきた。

「こんど、となりの町《まち》に、ぜんそく専門《せんもん》の病院《びょういん》ができたそうよ」

「学校《がっこう》はどうする？　ゆうじ、三年生《さんねんせい》になったら学校《がっこう》にいけるんだって、たのしみにしていたぞ」

「発作《ほっさ》が出《で》たら、今《いま》の学校《がっこう》にいくのは、むりだわ」

「そうだな――」

お父《とう》さんとお母《かあ》さんは、おそくまで、ぼくのことを話《はな》しあっていたようだ。ぼくは、うとうとして、そのままねむってしまった。

それから何日《なんにち》かすぎた。

みんなといっしょに朝《あさ》ごはんを食《た》べたあと、お母《かあ》さんが、出《で》かけるじゅんびをはじめた。

「お母《かあ》さん、どこへいくの」

「ゆうじ、となり町《まち》の病院《びょういん》に見学《けんがく》にいくのよ。その病院《びょういん》には、学校《がっこう》もあって、小学生《しょうがくせい》、中学生《ちゅうがくせい》の子《こ》どもたちが、学校《がっこう》にかよいながら、病気《びょうき》をなおしているんだって」

ぼくは、ひさしぶりにバスにのった。

窓《まど》の外《そと》は、桜《さくら》の花《はな》がさきはじめていた。青《あお》い空《そら》にすいこまれそうだ。

一時間《いちじかん》ちょっとで病院《びょういん》についた。受付《うけつけ》にいくと、ふとった〝かんごし〟さんが出《で》てきた。

「まっていたわ。ゆうじくん」

かんごしさんは、やさしく、ぼくの手《て》をひいてくれた。やわらかくて、とてもあたたかい手《て》だった。

ぼくたちは、病室《びょうしつ》を一《ひと》つ一《ひと》つ、見《み》てまわった。どの部屋《へや》もあかるくて、ベッドの上《うえ》の棚《たな》には、プラモデルの自動車《じどうしゃ》がならべてあった。病室《びょうしつ》の窓《まど》からは、運動場《うんどうじょう》で、子《こ》どもたちがボールなげをしているのが見《み》える。

教室《きょうしつ》も見学《けんがく》した。ぼくとおなじくらいの子《こ》どもたちが、工作《こうさく》をしたり、算数《さんすう》の勉強《べんきょう》をしていた。かんごしさんは、

「みんな、病気《びょうき》をわすれてすごしていますよ。春《はる》にはイチゴつみ。夏《なつ》はキャンプ、秋《あき》は運動会《うんどうかい》やいもほり遠足《えんそく》。冬《ふゆ》はスケート。ね、たのしそうでしょう」

と言《い》うと、にっこり笑《わら》った。

思《おも》いっきり走《はし》ること。毎日学校《まいにちがっこう》にいけること。友《とも》だちがたくさん

できること。

ぼくには、とおい世界《せかい》のことと思《おも》っていたのに……。なんだか、ゆめを見《み》ているみたい。

「ゆうじ、今日《きょう》はつかれたでしょう」

お母《かあ》さんが言《い》った。

「お母《かあ》さん、ぼく、元気《げんき》になるよ。みんなといっしょに、がんばるんだ」

その夜《よる》は、ひさしぶりに外《そと》に出《で》たので、つかれてすぐねむってしまった。

5

夕《ゆう》がた、ひさしぶりにちゃちゃ丸《まる》の声《こえ》をきいた。とんでいって、首《くび》わの手紙《てがみ》をはずす。ぼくの出《だ》す番《ばん》だった十一号《じゅういちごう》がむすんであった。

クロネコ通信《つうしん》　11号《ごう》

この前《まえ》、「ゆうじくんちへあそびにいってもいいですか」って書《か》いて、ちゃちゃ丸《まる》にもたせたのよ。でも、へんじがもらえなかったわ。

ちょっぴりさびしいきもちです。

ああ、ぼくがぜんそくでねているあいだに、ちゃちゃ丸《まる》は、けい子《こ》ちゃんの手紙《てがみ》をもってきたんだ。

けい子《こ》ちゃんは、へんじをまっていたにちがいない。

だのにぼくは、へんじを出《だ》さなかったんだ。けい子《こ》ちゃん、おこっているだろうな。もう「クロネコ通信《つうしん》」をつづけてくれないかもしれない。

ぜんそくさえなかったら、「来《き》てください」って、へんじを出《だ》せたのに。そう思《おも》うと、くやしかった。

おまけに手紙《てがみ》のつづきは、こうなってるんだ。

こんどの日《にち》よう日《び》に、ゆうじくんをごしょうたいします。

十一時《じゅういちじ》にまってます。きっときてね。

けい子
ちゃちゃ丸《まる》
より

なんて、うんがわるいんだろう。

こんどの日《にち》よう日《び》は、ぼくが入院《にゅういん》する日《ひ》じゃないか!

ぼくは、なん回《かい》か、しんこきゅうをした。そして、いつもよりていねいな字《じ》で、へんじを書《か》いた。

クロネコつうしん　12ごう

けい子《こ》ちゃんへ。

ぼくは、びょう気《き》で、ねていました。だから、けい子《こ》ちゃんの手《て》紙《がみ》を、みることができませんでした。へんじがだせなくて、ごめんなさい。

こんどの日《にち》よう日《び》、ぼくは、となりの町《まち》のびょう院《いん》に、入《にゅう》院《いん》することになりました。

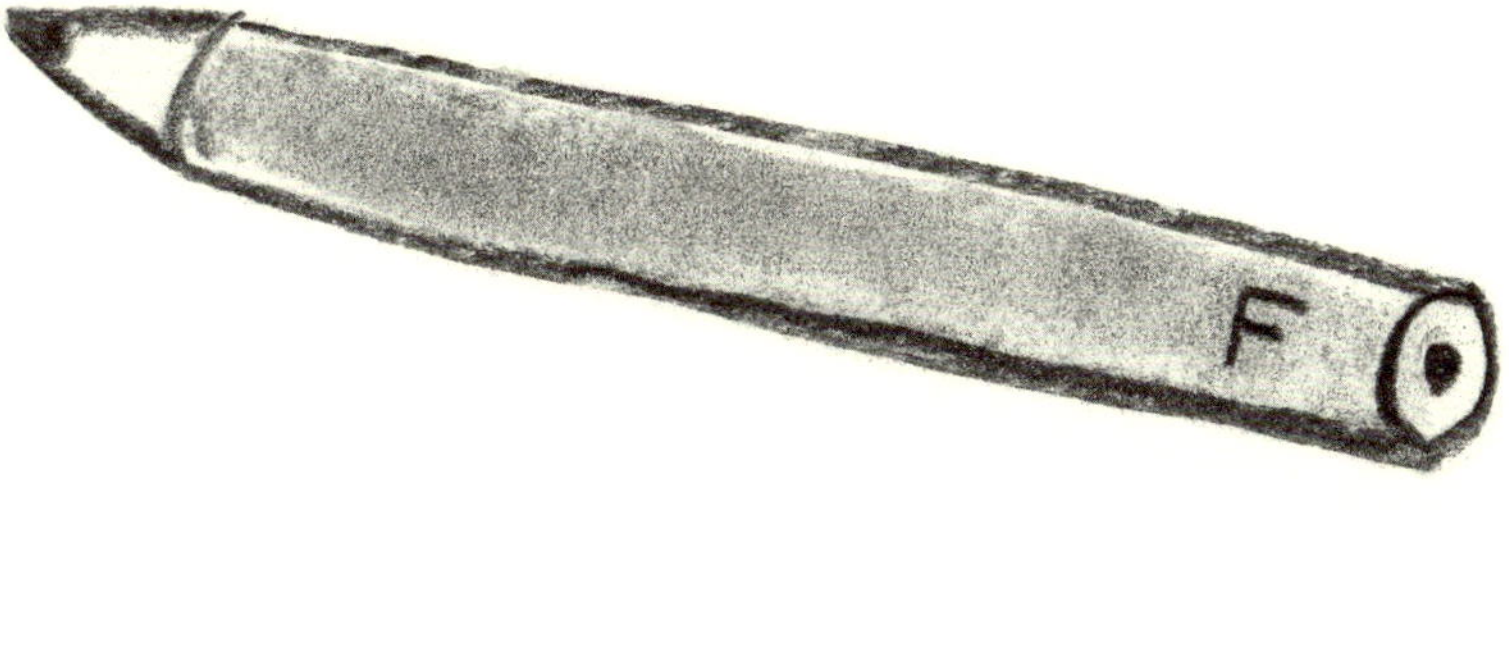

ぜんそくを、なおすためです。だから、けい子《こ》ちゃんのおうちには、いけません。

ぼくが、たい院《いん》したら、ぜひ、うちにきてください。

ぼくが、いないあいだ、ちゃちゃ丸《まる》のおやつは、お兄《にい》ちゃんがあげます。クロネコ通信《つうしん》は、これでおわりです。

でも、びょう院《いん》から、手紙《てがみ》をかきます。切手《きって》をはるから、ゆうびんやさんが、とどけてくれます。

さようなら。

花田《はなだ》ゆうじ

ちゃちゃ丸《まる》には、いつもよりたくさんにぼしをやった。それから、いつもより長《なが》いあいだ、ハンカチを動《うご》かしてあそんだ。

ちゃちゃ丸《まる》がかえってから、ぼくはカレンダーを見《み》た。病院《びょういん》にいく日《ひ》に、赤丸《あかまる》をつけてある。かぞえてみると、家《いえ》にいるのは、あと二日《ふつか》しかない。

ぼくは、病院《びょういん》で友《とも》だちができるので、はりきっていたけれど、体《からだ》がきつくて、だんだん、胸《むね》も苦《くる》しくなってきた。オヤツもあんまり食《た》べたくない。

ベッドに入《はい》ると、なみだが出《で》てきた。

お母《かあ》さんは、夕《ゆう》ごはんのよういをしている。

お兄《にい》ちゃんが、だいじにしている、カエルのおもちゃをぼくにくれた。それから、

「ゆうじ、ぜんそくのあくま、病院《びょういん》でたいじして、はやくかえってこいよな。ちゃちゃ丸《まる》のおやつは、まかせとけ」

と言《い》って、ぼくの背中《せなか》をポンとたたいた。にぎっていたカエルが、ケロッとないた。

6

日《にち》よう日《び》の朝《あさ》、お母《かあ》さんと、はやめにうちを出《で》た。

あしたから、新《あたら》しい学校《がっこう》で三年生《さんねんせい》になるんだ。ぼくは、ランドセルをせおって、駅《えき》にいった。

日《にち》よう日《び》なのに、ランドセルをせおっているぼくを、まわりの人《ひと》がふりかえるので、はずかしかった。

ホームで電車《でんしゃ》をまっているあいだ、お母《かあ》さんは、さびしそうな顔《かお》をしていた。

だけど、ぼくと目《め》があったら、フフッと笑《わら》った。

「おーい。ゆうじ！」

そのとき、ホームの入《い》り口《ぐち》から、お兄《にい》ちゃんが走《はし》ってきた。

息《いき》をはずませたお兄《にい》ちゃんのうしろに、髪《かみ》の長《なが》い女《おんな》の子《こ》がたっていた。

女《おんな》の子《こ》は、はずかしそうに、お兄《にい》ちゃんのうしろから、ぼくを見《み》ていた。

「ゆうじ、けい子《こ》ちゃんが見おくりにきてくれたんだよ」

「こんにちは。ゆうじくん。けい子です」

けい子《こ》ちゃんは、そう言《い》って、ニコッとわらった。

「ど、どうもありがとう……」

ぼくが、あわてて頭《あたま》をさげると、けい子《こ》ちゃんは、手《て》にしていたバスケットのふたをあけた。そして、

「ほら、ちゃちゃ丸《まる》、ゆうじくんに、早《はや》くかえってきてねっていうのよ」

と言《い》った。

バスケットの中《なか》から首《くび》をだしたちゃちゃ丸《まる》が、口《くち》をひし形《がた》にあけて、〝ミャーン〟とないた。

ピーポとないたネコ

「あいたたあ――」

アパートのベランダから、まっさかさまにおちた、おもちゃのきゅうきゅう車《しゃ》は、しばふの上《うえ》で、体《からだ》をさすりながら、上《うえ》を見《み》あげました。

「ああ、いたかった！　おちたのがしばふの上《うえ》でよかった。もしもどうろにおちてたら、ばらばらにこわれてしまうところだったた……」

おもちゃのきゅうきゅう車《しゃ》は、ほっとしたように言《い》いました。

たけしの家《いえ》は、あした、庭《にわ》のある郊外《こうがい》のうちにひっこしです。たけしのおもちゃは、全部《ぜんぶ》ベランダにおかれて、ダンボールに入《い》れられるのをまっていたのでした。

「よいしょ」と、たけしがダンボールの箱《はこ》をベランダにかかえてきたとき、箱《はこ》のかどがきゅうきゅう車《しゃ》にあたって、あっというまに、ベランダのさくのあいだから、下《した》におちてしまったのです。

二階《にかい》のベランダを見《み》あげていたきゅうきゅう車《しゃ》は、心《しん》ぱいになってきました。

「まずいぞ。たけしくんは、ぼくがおちたことに気《き》がつかなかったみたいだ。はやく見《み》つけてもらわないと、あしたのひっこしに、おいていかれてしまう!」

きゅうきゅう車《しゃ》は、二階《にかい》にむかって、大《おお》きな声《こえ》を出《だ》しました。

「たけしくーん！　たけしくーん！　ぼくはここにいるんだよー、はやくたすけにきてー！」

たけしが、ベランダでときどき動《うご》いているようすは見《み》えますが、こちらの声《こえ》は、きこえないようです。

きゅうきゅう車《しゃ》は、あたりの空気《くうき》が、きゅうにつめたくなったように感《かん》じました。

やがて空《そら》がうす暗《ぐら》くなり、アパートの窓《まど》にも一《ひと》つ、二《ふた》つとあかりがつきはじめました。

おもちゃのなかまたちは、新《あたら》しいダンボールに入《はい》って、あしたのひっこしをまっています。

「たけしくーん……ぼくのこと思《おも》い出《だ》してよー」
きゅうきゅう車《しゃ》は、よわよわしい声《こえ》で、なんどもよびかけました
が、たけしには、きこえないようです。

そのとき、一《いっ》ぴきの三毛《みけ》ネコがとおりかかりました。
「ミャオーン。ミャオーン。あれ、そこでべそをかいているのは、
おもちゃの自動車《じどうしゃ》じゃないか。おまえ、どうしてこんなところにい
るんだ？」
「ぼく、二階《にかい》のベランダからおちたんです。もちぬしのたけしくん
家《ち》は、あした、ひっこしなんです。はやく見《み》つけてもらわないと、
ぼくは、おいていかれてしまうんです」

三毛《みけ》ネコは、きゅうきゅう車《しゃ》のまわりをあるきながら、

「それは、かわいそうだな。だけど、そのたけしくんってのは、まだ、このアパートにいるんだろう。だったら自分《じぶん》でうちにかえったらいいじゃないか」

「ネコさん。ぼくの電池《でんち》はもう古《ふる》くて、うごけないんです。電池《でんち》さえあれば、どんどん走《はし》れるんだけど……」

「電池《でんち》、だって？」

三毛《みけ》ネコは、うでぐみをして、何《なに》か考《かんが》えているようでしたが、きゅうに「あそこだ！」とさけぶと、どこかへ走《はし》っていきました。

またひとりぼっちになってしまったきゅうきゅう車《しゃ》は、さみしくてなきだしそうでした。

どのくらいたったでしょうか。三毛《みけ》ネコがかえってきました。

「電池《でんち》って、これだろう！」

「そうです！　よくわかりましたね」

〝ミャミャミャ――〟

三毛《みけ》ネコは、とくい顔《がお》です。

「これを、おまえのおなかに入れるんだろう。はやく、うちにかえるといいよ」

三毛《みけ》ネコは、きゅうきゅう車《しゃ》のおなかに電池《でんち》を入《い》れると、スイッチを押《お》しました。

〝ピーポ、ピーポ、ピピピ……ピ……〟

きゅうきゅう車《しゃ》は、音《おと》をならして走《はし》り出《だ》しましたが、すぐにとまってしまいました。

そばで見《み》ていた三毛《みけ》ネコは、

「やっぱり、すててある電池《でんち》では、だめなんだ」

と、がっかりした声《こえ》で言《い》いました。

きゅうきゅう車《しゃ》は、このままおいていかれてしまうかもしれないと思《おも》うと、さみしくて、また、なみだが出《で》そうになりました。

「三毛《みけ》ネコさん。ぼくの名前《なまえ》はピーポです。ネコさんのうちは、どこですか？　うちがとおくじゃなかったら、もう少《すこ》し、ぼくのそばにいてくれませんか？」

「ピーポか。だから、さっきピーポ、ピーポって音《おと》が出《で》たんだな。おいらは、のらネコさ。どうせ、かえるところもないから、今夜《こんや》は、おまえのそばにいるよ。名前《なまえ》は、ミッケっていうんだ」

「いい名前《なまえ》ですね。でも……おかしいな。のらネコなのに、名前《なまえ》があるんですか」

ピーポがそういうと、三毛《みけ》ネコは、きゅうにかなしそうな顔《かお》をして、星空《ほしぞら》を見《み》あげました。

「おいらはね。このアパートのうらにある、広《ひろ》い庭《にわ》のうちで飼《か》われていたんだ。ところが、そのうちの主人《しゅじん》が、とおくの町《まち》にひっこすことになったんだ。むこうのうちはマンションで、ペットを飼《か》うことができないっていうんだ。だからおいらは、つれていってもらえなかったんだ。それから、ずっとのらネコさ」

「それは、さびしかったでしょう」

「さびしいだけじゃない。のらネコになったら、食《た》べものも、ねるところも、自分《じぶん》でさがさなきゃならない。なれないうちは、何日《なんにち》も、はらぺこのおなかをかかえて、さむさにふるえて、ないたもんさ」

「今夜《こんや》も、おなかペコペコですか」

「少《すこ》しだけな。それより、おまえがおいていかれないように、なにかいい方法《ほうほう》を考《かんが》えないといけないなあ。おいていかれるって、ほんとうにかなしいことなんだ。おまえには、おいらのようなかなしい思《おも》いは、させたくないんだ」

三毛《みけ》ネコは、またうでぐみをして、目《め》をつぶりました。

やがて、アパートの窓《まど》についていたあかりが、ひとつ、ふたつと消《き》えていきました。

よく朝《あさ》のことです。

たけしのうちには、朝《あさ》はやく、ひっこし屋《や》さんがきて、家《いえ》のにもつを、つぎつぎにはこびはじめました。

たけしは、じゃまにならないように外《そと》に出《で》て、おじさんたちが、にもつをトラックにつみこむのを見《み》ていました。すると、一《いっ》ぴきの三毛《みけ》ネコが、そばにやってきました。三毛《みけ》ネコは、たけしの顔《かお》を見《み》つめると、

〝ピーポ、ピーポ〟

となきました。

たけしは、びっくりしました。

たしかにいま、ネコが〝ピーポ〟とないたのです。

三毛《みけ》ネコは、たけしのそばを少《すこ》しはなれると、また〝ピーポ〟となきました。

たけしは、三毛《みけ》ネコに、少《すこ》し近《ちか》よりました。

すると三毛《みけ》ネコは、少《すこ》しさがって、また〝ピーポ〟となきました。

たけしがまた三毛《みけ》ネコに近《ちか》よると、ネコは、また少《すこ》しはなれます。

そのうちたけしは、三毛《みけ》ネコにさそわれるように、アパートのうらがわまでついていきました。そして、たけしの部屋《へや》の下《した》まで来《く》ると、三毛《みけ》ネコは、さっと、どこかへ走《はし》っていってしまいました。

三毛《みけ》ネコを見《み》うしなったたけしが、ふと足《あし》もとを見《み》ると、たけしのきゅうきゅう車《しゃ》がいるではありませんか。

「あれっ、こんなところにピーポがいた！　そうか、ベランダからおちたのか。ごめんよ」

たけしは、ピーポをひろいあげると、だきしめました。

きのう、おもちゃをかたづけていたとき、たけしは、きゅうきゅう車《しゃ》がないのに気《き》づいていたのです。だけど、あちこちさがしてみても、見《み》つかりません。だからきっと、ほかのにもつの中《なか》に入《はい》っているんだと思《おも》っていたのです。

たけしは、どろによごれたピーポをひろいあげると、T《ティー》シャツのそでふきながら、かいだんを上《あ》がっていきました。

部屋《へや》にもどったたけしは、おもちゃ箱《ばこ》からあたらしい電池《でんち》をとり出《だ》すと、電池《でんち》を入《い》れて、心《しん》ぱいそうにスイッチをおしました。

ピーポは、元気《げんき》よく走《はし》り出《だ》しました。

でも、ちょっとおかしいのです。いつもは、〝ピーポ、ピーポ〟とサイレンをならすのに、今日《きょう》のサイレンは、〝ミャオーン、ミャ

オーン〟と、きこえるような気《き》がします。

「へんだなぁ」

たけしは、ピーポを手《て》にとって、もう一度《いちど》、よく音《おと》をききましたが、やっぱり〝ミャオーン〟ときこえます。

そのときたけしは、さっきの三毛《みけ》ネコのことを思《おも》い出《だ》しました。

「さっきの三毛《みけ》ネコは、たしかピーポとないたぞ。そしてきゅうきゅう車《しゃ》のピーポがミャオーン、ミャオーンとサイレンをならすのは……」

たけしは、大《おお》きく息《いき》をすると、

「三毛《みけ》ネコはピーポ、きゅうきゅう車《しゃ》のピーポがミャオーン、ミャオーン……」

たけしは、手《て》をポンとたたくと、

「わかった！　さっきの三毛《みけ》ネコに、おれいをいわなくちゃ。そうだ、おひるのおべんとうがあったぞ」

たけしは、台所《だいどころ》にいくと、おひるのおべんとう箱《ばこ》の中《なか》から、やき魚《ざかな》や、卵《たまご》やき、おむすびを、こっそりもちだしました。

そして、かいだんをかけおりると、うらにまわり、ベランダの下《した》にもどってきました。

そこには、さっきの三毛《みけ》ネコが、しょんぼり、うつむいてすわっています。

「ネコさん、ぼくのピーポをたすけてくれてありがとう。さあ、お食《た》べ」

たけしは、三毛《みけ》ネコに近《ちか》づきました。

たけしの顔《かお》をちらりと見《み》た三毛《みけ》ネコは、もってきたおかずを、あっというまにたいらげてしまいました。

たけしは、三毛《みけ》ネコのそばにしゃがんで、話《はな》しかけました。

「おなかがすいていたんだろう？」

すると、三毛《みけ》ネコは、こっくりうなずくようにして、〝ピーポ〟となきました。

「もしかして、家《うち》なしネコなのかい？」

三毛《みけ》ネコは、また〝ピーポ〟となきました。

「それじゃ、ぼくのうちに来《こ》いよ。今日《きょう》ひっこしするあたらしいうちは、庭《にわ》もあって、どうぶつといっしょにくらせるんだ」

三毛《みけ》ネコは、ぱっと顔《かお》をあげると、こんどはうれしそうに、〝ミャオーン〟となきました。

ごえもんのメガネ

秋風《あきかぜ》がふきはじめました。

おばあさんは、えんがわの日《ひ》だまりで、あみものをしています。

「さむくならないうちに、セーターをあんでしまわなくっちゃ」

ときどき、ずりおちてくるメガネを、ツンとゆび先《さき》であげては、せっせ、せっせと、あみぼうを動《うご》かしています。

そばで見《み》ていたネコのごえもんは、ちょいちょいと手《て》を出《だ》して、毛糸玉《けいとだま》にじゃれつきます。

ごえもんが毛糸玉《けいとだま》にじゃれついていると、おばあさんのあみぼうが動《うご》きません。

「おや、どうしたんだろう。毛糸《けいと》がもつれたのかね」

ひょいと、顔《かお》をあげると、毛糸玉《けいとだま》に、ごえもんがじゃれついています。

「おまえさんが、いたずらをしていたんだね」

ごえもんは、おばあさんの声《こえ》をきくと、にげるどころか、おもしろがって部屋中《へやじゅう》にころがします。

「このいたずらネコ。ごえもん、やめなさいといったら、やめなさーい！」

きこえないはずはないのに、ごえもんは、からかうような目《め》でおばあさんを見《み》ると、毛糸玉《けいとだま》をかかえて、にげていきます。

「かえさないのならいいいですよ。ちょうど、お茶《ちゃ》の時間《じかん》にしようと思《おも》っていたんだから」

おばあさんは、〝よっこらしょ〟とたち上《あ》がると、腰《こし》をさすりながら、台所《だいどころ》にいきました。

「甘《あま》いものもいいけど、今日《きょう》はにぼしをいただきましょ。にぼしは、骨《ほね》を強《つよ》くするって言《い》うからね」

おばあさんは、かんの中《なか》から、にぼしをとり出《だ》して、むしゃむしゃ、ぽりぽりと食《た》べています。

「どうだい！　ごえもん、おいしそうだろう」

おばあさんは、お茶《ちゃ》をのみおわると、また、えんがわであみものをはじめました。

ことん。

小《ちい》さな音《おと》に、おばあさんが顔《かお》をあげると、こんどはごえもんが、えんがわの下《した》にある、おばあさんのサンダルをくわえていくところです。

「どこへサンダルをもっていくんだい。かえしなさい。おかえしー！」

きこえないはずはないのに、ごえもんは、またちらりとおばあさんを見《み》ると、サンダルをいけがきの下《した》にはこんでいきます。

「かえさないならいいですよ。かたほうしかなくても、わたしは、けんけんとびがうまいんだから」

おばあさんは、わざとへいきな顔《かお》で、あみぼうを動《うご》かしています。

おばあさんがあいてをしてくれないので、ごえもんは、サンダルはこびがつまらなくなりました。
それより、おばあさんのメガネ！
どんなものか、一度《いちど》、かけてみたくなりました。

やがて、おばあさんは、いねむりをはじめました。
せっせ、せっせと動《うご》いていた、おばあさんの手《て》がとまります。
（あれ、おばあさん。どうしたのかな）
ごえもんが、おばあさんのそばにいくと、こっくり、こっくり。
おばあさんのメガネが、ひざにポトリとおちました。
（しめしめ！）
ごえもんは、おばあさんのメガネをくわえると、台所《だいどころ》のすみにはこびます。なんどか前足《まえあし》でころがしているうちに、くるんと顔《かお》にかかりました。

ゆっくりあたりを見《み》まわすと――

(なんだ、このけしき？　大《おお》きなへやだなあ)

メガネをかけたごえもんは、びっくり。

そのとき、

〝チュウ、チュチュッ〟

「あっ、ネズミの声《こえ》だ。つかまえて、おばあさんに見《み》せよう」

ごえもんが、声《こえ》のするほうに近《ちか》づくと、れいぞうこのうしろに、見《み》たこともない大《おお》きなネズミがいます。ごえもんは、またびっくり。

あとずさりをして、ふるえています。

（こんなきょだいなネズミは、はじめてだ！　ぼくが食《く》われてしまいそうだ）

ところが、ごえもんは、じぶんのしっぽを見《み》て、またまたびっくり。

大《おお》きな、なわのようなしっぽです。

（ぼくのしっぽ、いつのまに、こんなに大《おお》きくなったんだろう。まあ、いいや。よーし、このしっぽで、やっつけてやろう）

ごえもんは、しっぽに力《ちから》を入《い》れて、ネズミのうしろから、エイッとひとふり。おどろいたネズミは、れいぞうこのうしろをにげまわります。やっと、すみっこにおいやると、ネズミの頭《あたま》をめがけて、ひとふり。

パシッ。

チュウチュウ……。

ネズミは、よたよたしながら、くわえていたチーズをおとし、動《うご》かなくなりました。

(こんな大《おお》きなネズミをつかまえたのは、はじめてだ。ぼくにも、すごい力《ちから》があるんだなぁ)

ごえもんは、おばあさんに見《み》せようと、ネズミをくわえました。

(なんだ、このネズミ。大《おお》きいくせに、ずいぶんかるいなぁ。いつものネズミとかわらないよ)

首《くび》をかしげながら、おばあさんのところへはこびます。

おばあさんは、まだ、こっくり、こっくり。

（しめしめ、もう少《すこ》しメガネをかしてもらおう）

ごえもんは、しまネコのちびにメガネをじまんしたくて、庭《にわ》に出《で》ました。

そのとき、〝バサバサバサ！〟と、足《あし》もとから大《おお》きな鳥《とり》がとびたちました。

（タカだ！）

ちぢみあがるごえもんの頭《あたま》の上《うえ》で〝チュンチュン〟。ききなれたなき声《ごえ》のほうを見《み》ると、木《き》の上《うえ》にとまっているのは、見《み》なれたスズメ。

（へんだなぁ。たしかに大《おお》きな鳥《とり》だと思《おも》ったのに）

門《もん》のところへいくと、こんどは大《おお》きなけものに出《で》くわしました。

(うわあ、トラだ、トラだ!　どうぶつえんからにげてきたあ!)

ごえもんは、あわててにげかえり、台所《だいどころ》のすみで、ふるえて動《うご》けなくなりました。

(あぁ、びっくりした。心《しん》ぞうがとまりそうだ……)

やっとふるえがおさまると、ごえもんは、きゅうにおなかがすいてきました。

台所《だいどころ》でうろうろしていると、魚《さかな》のにおいがします。テーブルの上《うえ》にとびのると、びっくり。

(ひゃあ!　大《おお》きなアジがいっぱい。びんぼうなはずのおばあさん、どうしたのかな……)

ごえもんが魚《さかな》にとびつくと、

（あれ？　いつものにぼしの味《あじ》だ）

三《さん》びき食《た》べて、五《ご》ひき、十《じゅっ》ぴき……なかなか、おなかいっぱいになりません。

（こんなに食《た》べたのに、おかしいぞ）

ごえもんは首《くび》をかしげます。

（そろそろ、おばあさんがおきるころだ）

えんがわにいくと、おばあさんのさいふが、おいてあります。

でも、そのさいふが、まくらのようにふくらんだ、大《おお》きな、大《おお》きなさいふ。おばあさん、大金《おおがね》もちになったんだ！　〝ニャーニャー〟

と、ごえもんは、よろこびました。

そして、おばあさんを見《み》あげると、小《ちい》さなおばあさんが、なんと、

おすもうさんみたいに大《おお》きくなって、こっくり、こっくり。まだいねむりをしています。

ごえもんは、こんどこそ、心《しん》ぞうがとまりそうになりました。

〝ニャーニャー〟となきながら、

（おばあさーん。こんなに大《おお》きくなっちゃって、こわいよー、いやだよー）

と、とびつくと、ごえもんのメガネがポロリと、おばあさんのひざの上《うえ》におちました。

（あれっ、おばあさんだ！　よかったぁ）

そこにいたのは、いつものやさしいおばあさん。ごえもんは、やっとあん心《しん》しました。

すると、目《め》をさましたおばあさんは、

「あら、夕《ゆう》ごはんのじかんだ。まあ、よくねたこと」

ネコのようにのびをすると台所《だいどころ》へ――。

「こんやは、アジのひものをやきましょ」

ジュージュー。

おいしそうなにおいといっしょに、アジのけむりが、台所《だいどころ》にひろがります。

「さあ、ごえもん。今日《きょう》のアジは、あぶらがのって、おいしいよ」

テーブルに、やきたてのアジのひものを、ならべます。

ごえもんは、金色《きんいろ》の目《め》を大《おお》きくひらいて、魚《さかな》を見《み》つめています。

「さあ、ごえもん、おあがりよ。いつもは、かぶりつくのに、なんとぎょうぎのいいこと」

ごえもんは、鼻《はな》を近《ちか》づけ、前足《まえあし》でさわって、いつものアジだとわかると、ようやくパクリ。

(ほんとに今日《きょう》は、へんな一日《いちにち》だったなぁ)

こんどは、ごえもんが、おばあさんのひざでねむります。

あとがき

わが家の次男は、幼稚園のころから、季節の変わり目や、風邪をひくと、ぜんそくの発作をしょっちゅう起こし、入退院をくり返していました。

外で走りまわることもできず、プラモデルをつくったり、静かに本を読んだりの日々でした。

休日になると、家の前で子どもたちがボール投げやおにごっこをしているのをぽつんとながめている次男の後ろすがたを見て、この子の友だちづくりになればと、当時住んでいた糸島《いとしま》の家で、家庭文庫をやってみようと思いたちました。

近所の子どもたちに声をかけると、五、六人集まってきました。

私が本を読みはじめると、みんな真剣な表情です。おもしろい場面では、笑いころげ、こわいところではお互いに肩をよせ合っています。

近所の子どもたちと出会ったことで、次男の表情も明るくなりました。毎週水曜日の午後。近所の子どもたちと次男は本を通して友だちになり、わが家は子どもたちのはずんだ声であふれていました。

そんなある日、次男と動物図鑑をひろげていると、ガラス戸に黒い影がうつったのです。こわごわ戸を開けてみると、クロネコが縁側で日なたぼっこをしています。

それから次男は、その珍客を心待ちにするようになり、ときどき庭におりて、話しかけています。ミャーとなく声にオヤツをやったり、なでたり。こんな様子を見て、私はせっせとクロネコの観察をノートに記録しはじめました。クロネコと次男を主人公にしたお話をつくって、できあがったら次男に読んであげようと思っていたのです。

しかし、黒ネコとの出会いも長くは続かず、ぜんそくの発作が起こることが多くなり、お話の創作も中断してしまいました。思いきって、学校も併設された隣り町の病院に入ることにしました。

鍛錬、規則正しい生活、そして自分にきびしく——をモットーにした病院の教えをよく守り、次男は一年後、見事にぜんそくを克服できたのです。
そしてわが家の家庭文庫は、地域の公民館に移り、「たけのこ文庫」として発展、昨年三十周年を迎えました。私は、文庫活動をしながら、好きなお話を書きつづけました。

すっかり健康になった次男を見ていると、あのクロネコのなつかしいノートを思い出しました。そして、ノートを読んでいくうちに、次男とクロネコがノートのなかから動き出して、一つのお話としてつながっていくのです。ときにはエンピツをにぎる手が止まったりしましたが、ようやく一つの物語ができあがりました。それが「クロネコつうしん」です。

「ピーポとないたネコ」も、次男がモデルです。それまで住んでいたところから、自然ゆたかな郊外に引っ越す前の日のできごとでした。

オモチャを片づけていた次男が、救急車が見つからず泣きそうな顔をしていました。「きっと、他のにもつの中に入っているよ」と言うと、次男は安心したようにねむりました。しかし次の日の朝、ベランダの下に救急車が落ちていたのです。これをヒントに、ネコに手伝ってもらって次男の手元にかえってくるという話に脚色してみました。

「ごえもんのメガネ」は、祖母のメガネでじゃれていたネコを見ながら、もしもネコが老眼鏡をかけたら、不思議な世界がひろがるかしらと――。へんな一日をすごしたネコのお話です。


三つのお話に登場する三匹のネコから、私自身、やさしさ、よろこび、たのしさ、そして元気をもらうことができました。

この本の出版にあたり、児童文学作家の岩崎京子先生がポンと背中をおしてくださいました。おかげで一歩を踏み出すことができました。ありがとうございます。

そして長年の私の夢をかなえてくださった石風社様、挿し絵を描いてくださった工房まるの石井ゆきおさん、いつも私をあたたかく見守りはげまして下さった友人のみなさんに、心をこめて感謝申し上げます。

二〇一一年七月
著者

松尾初美《まつおはつみ》

1938年静岡県生まれ。福岡県久留米市在住。

1980年糸島市に「たけのこ文庫」創設。

1984年、学年別「こどものいいぶん(9)」（ポプラ社）に、「かっこちゃん、ごめんね」が採用される。1985年、「わが子におくる創作童話」（小学館主催）で「お客さんはネコ」が優秀賞、1988年には第5回「アンデルセンメルヘン文庫」（高木ベーカリー主催）で「春の日草原で……」が優秀賞を受賞。1998年、第14回「お茶の間ろんぶん」（九電宮崎支店主催）で「世界で一冊の絵本」が入選。また同年、西日本新聞の投稿で「紅皿大賞」を受賞。

石井ゆきお（石井悠輝雄）

1980年、福岡県生まれ。

2006年、奈良芸術短期大学専攻科日本画コース修了。就職後まもなく、病気のため自宅療養に入る。2008年「エバーグリーン」（大分）、2010年より「工房まる」（福岡）に所属し、創作活動を行っている。第31、32回 京都春季創画展入選。2009年、佐伯市美術展市長賞受賞。

〈連絡先〉福岡市南区野間3-19-26　工房まる内
ホームページ　http://www.maru-web.jp/

クロネコつうしん

二〇一一年九月十五日　初版第一刷発行

著者　松尾初美
発行者　福元満治
発行所　石風社
福岡市中央区渡辺通二丁目三一二四
電話０９２（７１４）４８３８
ＦＡＸ０９２（７２５）３４４０
印刷　大同印刷株式会社
製本　篠原製本株式会社